Para mis hijos, Elijah y Ruthie, que están taaaaaan aburridos.
—M.I.B.

Para Jeff, quien nunca se aburre. Gracias por creer en mí.
—D.R.O.

¡QUE ABURRIDO!
Spanish translation copyright
© 2013 by Santillana Ediciones Generales,
S.A. de C.V., México
Originally published in English under the title:
I'm Bored
Text copyright ©2012 by Hot Schwartz Productions
Illustrations copyright ©2012 by Debbie Ridpath Ohi
This edition is published by arrangement with Simon &
Schuster Books for Young Readers, an imprint of Simon
and Schuster Children's Publishing Division, New York.
All rights reserved. No part of this book may be
reproduced or transmitted in any form or by any means,
electronic or mechanical, including photocopying,
recording, or by any information storage and retrieval
system without permission in writing from the Publisher.
For permission regarding this edition, write to Lectorum
Publications, Inc.,
205 Chubb Avenue, Lyndhurst, NJ 07071
THIS EDITION NOT TO BE SOLD OUTSIDE THE UNITED
STATES OF AMERICA, PUERTO RICO, AND
CANADA.
Printed in China
CIP data for this book is available from the
Library of Congress
ISBN 978-1-933032-90-0
10 9 8 7 6 5 4 3 2 1

¡QUÉ ABURRIDO!

De **Michael Ian Black**

Ilustrado por **Debbie Ridpath Ohi**

Me aburro.

Estoy aburrida.

Blaaaaaaaaaaaaaaaaaaah.

¡Estoy

tan

ABURRIDA!

¡¡¿¿Qué se supone que haré
con una papa??!!

Me aburro.

¿Quieres hacer algo?

Claro.

¿Qué se te ocurre?

No sé. **Me gustan los flamencos.**

Aquí no hay flamencos.

Oh.

Qué decepción.

Qué aburrido.

Bueno, estoy aquí contigo.
Y los niños son **aburridos**.

Pruébalo.

Podemos hacer **piruetas**

Aburrido.

y **brincar** en un solo pie.

Aburrido.

Podemos dar vueltas rapidísimo hasta marearnos y casi vomitar.

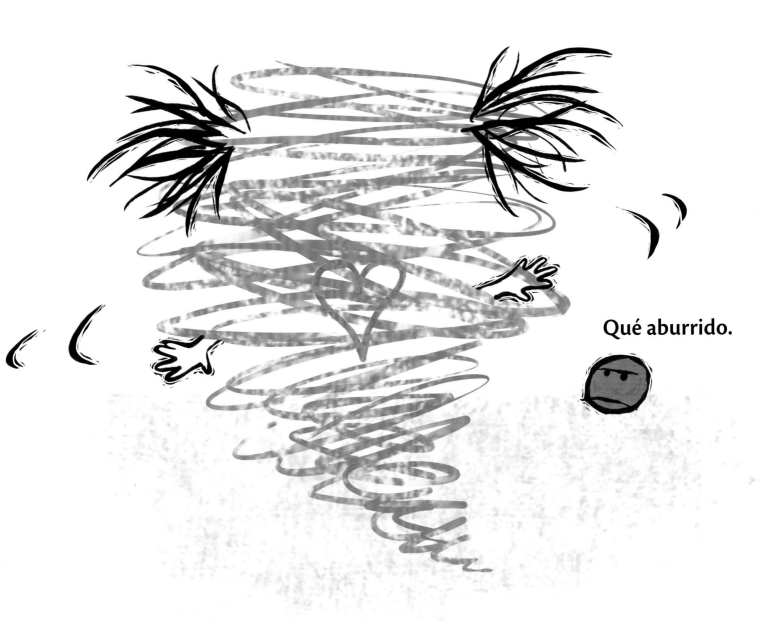

Qué aburrido.

Los niños podemos

jugar,

dar
patadas como ninja

aburrido

Aburrido,

¿Y sabes qué más?

¡Los niños

podemos

imaginar

cosas!

¿Cosas como cuáles?

¡Como éstas, mira!

Ahora soy una bailarina superfamosa.

Aburrido.

Ahora soy la **domadora**

del león

más feroz

de

todo

el mundo.

Muy aburrido.

¿Ah, sí?

Bueno, ahora soy una princesa encantada

con mi propio castillo

y dragones

y unicornios.

Tedioso.

¡Los niños podemos columpiarnos!

Aburrido.

¡Y podemos brincar!

Aburrido.

¡Mira, hasta podemos volar!

. Aburrido.

¡Los niños podemos hacer todo lo que queramos!

Aburrido.

Aburrido.

Aburrido.

Aburrido.

Aburrido.

Aburrido.

Aburrido.

Aburrido.

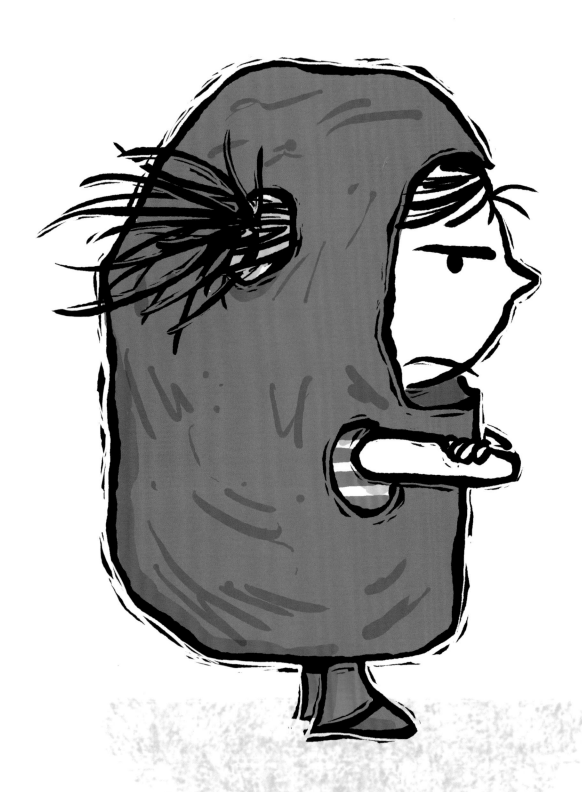

Aburrido.

NIÑOS SOMOS ABURRIDOS COSAS INCREÍBLES LO QUE QUERAMOS?!

¡PUES YO PREFIERO SER UNA NIÑA Y NO UNA PAPA COMO TÚ!

¡Ey, un **flamenco!**

¡Al fin haremos algo **divertido!**

Estoy aburrido.